U0054695

荷塘詩韻

小荷 著

【推薦序】以美入情

旅人

天生的詩人與詩痴

小荷雖非文學本科出身，但觀其詩，充滿了美與情，的確掌握了「美與情」的詩特質及「以美入詩」的詩法而寫詩，是一個天生的詩人。又其醉心於寫詩，創作的質與量，均有可觀之處，是一個詩痴。在〈踏雪尋美〉一詩中，小荷如是寫著：「桐花如雪飄落五月的山顛／如蝶輕輕飛舞林梢／載錄人間歲月／諦聽挑碳古道沿途／桐花飄落的聲音／流轉一季心靈躍動的芬芳／深邃了遊客眸底的碧波萬頃」，寫出尋美的心境與蕩漾的情感。在本詩集的後記，小荷說：「大抵文字創作者心情都是孤獨的，如若不孤獨，他們就寫不出詩、散文或小說。有不少創作者無可否認，文字是情緒的出口。更正確來說，或是過往回憶，或是未來的理想，花開葉落，難免引發心思波動，堆疊的情緒需要寄託，有人選擇出外踏青，有人相邀去唱歌，有的藉繪畫、彈琴、書法，更有的藉著聚會，幾杯黃湯下肚，慷慨激昂大發謬論一番，也就獲得抒解。但還有一部份人，藉著駕馭文字，反觀內省，把情緒凝諸筆端，這過程由動到靜，再由靜到動，意念輾轉醞釀，終於躍然紙上，因此或說創作是孤獨的自我對弈一點不為過。也因此放緩腳步是書寫過程不得不的歷練，唯有回頭去審視所有曾經的閱讀及思維的飛越，方能沈澱出一篇好作品。」她指出一個人因為孤獨，才能寫出詩來，情緒方能獲得抒解。筆者以為孤獨，也是天生詩人與詩痴的表徵之一。從上段話看來，小荷在寫詩時，心情是孤獨的，說她是一個天生的詩人，是一個詩痴，尚無失見。

秀麗的詩句，繽紛不已

讀小荷的詩，是一大享受，享受她的繽紛不已的秀麗詩句。本詩集，從頭到尾，均可發現頗多的秀麗詩句，如流星雨劃下夜空，美不勝收。例如：

早春旋轉門

一抹天光
冷出馥郁春色

山櫻拍醒了酣睡山林
細雨中一碰就霧迷如梳

令人驚奇的想像，迸出秀麗的詩句，尤其末句「細雨中一碰就霧迷如梳」，更具朦朧美、迷離美。

荷塘詩韻

倏忽一場急雨
塘裡水聲潺潺
喚來春意闌珊無限
訪客步履緩緩
踩響幽幽曲徑
謬思甦醒
端凝柔波裡一枚自我倒影

末句「端凝柔波裡一枚自我倒影」中之量詞「一枚」，用得很生動。本詩之題「荷塘詩韻」，又作為本詩集之題，可見小荷特別珍愛「荷塘詩韻」一詩。

夢幻湖

風中的旅人啊！
且止且行
奔赴南半球那一季冷冬
企圖凝視蒼茫水翠的
今生

由於古典語言與現代語言交織，使詩句更加秀麗。「且行且止」，是古典語言，其餘為現代語言。

即使是佛理，亦化入詩情

在詩歌中談理，不宜露骨地談，須將理化為情，方能感人，所以郭小川說：「詩是表現感情的，當然也表現思想，但感情可以說是思想的翅膀，沒有感情，盡管有思想，也不是詩。」（見魯德俊編著《什麼是詩——古今中外詩論集萃》頁五九）。本詩集，有不少的詩含有佛理，但即使是佛理，小荷亦化入詩情，這是她聰明、手高之處。例如：

山茶花語

歲歲又年年
梵音悠揚，滲入了窗扉
如是飛花搖落比貓還安靜的清晨
旅人漫步繁花夢土
證得無上菩提

末句「證得無上菩提」，具佛理，但配合上面其他情感句子，並不覺得在枯燥地談論佛理。

小葉欖仁

你是翡翠提琴
終年演奏溫馨曲調
讓蒸騰的天空逐漸沉浸酣熱
如傘　撐開一片涼蔭天空

協助眾生擺渡四季的的遞嬗
以及生命的無常

佛法有三法印，即諸行無常、諸法無我、涅槃寂靜。末句「以及生命的無常」中之「無常」，即是諸行無常的佛理。在上引整體的六行詩裡，呈現大悲的救度情感，已將諸行無常的佛理，化入詩情，理與情融合為一。

飽滿的情感，與大自然景色交融

本詩集中的每首詩，均飽滿情感，而情感是詩的本質，向為詩家所重視。情感與景色交融，構成意象。寫詩不能失去意象之美，雖然有些後現代詩，是反意象的，但這不是詩的主流。小荷喜愛旅行，常到鄉村小住，親近大自然，享受大自然的景色，並將自己的情感與景色交融成有鮮活意象的美詩。例如：

夏日東海岸

海闊天空豐富了生命旅程
啊！原來遙遠也可以是咫尺

天涯原來是無涯
而秋未至、海正藍
展翅飛越海平面
粼粼波光閃耀在浪尖上
心情千迴百轉，隨風漂泊
啊！潮去潮又回

詩中飽滿的情感，禁不住發出兩次「啊」聲，而「啊」聲與諸多的景色，如正藍的海、寬闊的天等交響，構成有節奏，有意象的美詩。

埡口雲海

二月循著季節的階梯而來
扣響天空之海
伸手摘一朵屬於冬春換季的雲
折疊成風景明信片

二月的天空之海，有雲在飄流，而雲可折疊成風景明信片，不美也得美。此美景，與小荷心中強烈波動的情緒融為一體。可見小荷的審美經驗，是非常豐富的，也因此美詩才能自然地呈現於讀者之前。

不能不欣賞的修辭之美

詩的各種積極修辭，能顯發各種不同的美，使讀者不能不欣賞，賞後留下極為深刻的印象，或陶醉不已。小荷在詩裡，運用了不少的積極修辭，例如用對偶的辭格，表現一種平衡的美，且觀下列詩句：

大花紫薇

紫是潺潺流過心隅的水聲
忽近　忽遠
踏花歸去的小徑
花雨絮絮飄落
澎湃連綿

第三行的「忽近」與「忽遠」是對偶。諦聽水聲忽近忽遠，自有平衡美的享受。

詩寫暨大校園

旅人如風　烙下腳印
更遠處　芒花如雪，點點蒼茫
若是夜遊如詩的校園
也許可以邀來星子漫談
或以茶代酒　煮詩話家常

芒花如雪，是譬喻中的明喻辭格。譬喻詞是「如」，用此字聯繫芒花和雪，形成一種聯繫的美，再加上「點點蒼茫」，予以形容，造成朦朧的美，如是美上加美，豈非更美！如詩的校園，亦是明喻辭格。譬喻詞是「如」，用此字聯繫詩與校園，形成聯繫的美。當讀者走進暨大校園，感覺一花一草，一木一柱，都如詩般的美，心情必然愉快，且必然常想來此憩遊。

霧非霧

霧湧江流
把朦朧意象倒進秋天

霧湧江流，是鋪張辭格，形成一種變化的美。通常是水才會湧江，但說霧能湧江，是非正常的現象，因為是非正常，才會有一種變化美的感受。至於「把朦朧意象倒進秋天／懸浮了季節」，亦是鋪張辭格，顛倒了一般人的想法，方有變化的美，嵌入讀者心裡。

綜上所述，本序用「以美入情」為題，並分「天生的詩人與詩痴」、「秀麗的詩句，繽紛不已」、「即使是佛理，亦化入詩情」、「飽滿的情感，與大自然的景色交融」及「不能不欣賞的修辭之美」等項，予以說明，回扣題旨，期使讀者多加了解小荷是一個怎樣的詩人（第一項說明）與其詩的特色（第二、三、四、五項說明）。哲學家孫正聿說：「人是尋求意義的存在，人無法忍受無意義的生活。」（見孫氏著《哲學：思想的前題批判》頁一三九）小荷今生已找到有意義的生活，即寫詩的生活，審美的生活。詩，使她的存在，詩意地棲居於大地。又哲學家葉海煙云：「文學藝術是層層上升的階梯，可以直達到不可說的宗教界，那就是精神的故鄉，我們生命的源頭。」〈見葉氏著《種子落地》頁四二〉冀望小荷在現有的寫詩成就基礎上，除寫向內覺醒的智性之詩外，也向外開拓關懷現實社會眾生的悲心之詩，嘗試寫不同題材、不同類型的詩，以取得更高的創詩成就，從而日日「詩喜充滿」，沈醉於自得的審美境界。

〔目錄〕

輯二　素描歲月

輯三　旅人書懷

輯一

泥親土親

早春旋轉門

一抹天光
冷出馥郁春色
山櫻拍醒了酣睡山林
細雨中一碰就霧迷如梳

細雨中一碰就霧迷如梳
舞出朵朵悠響淡韻
若隱若現騷動紅塵
花飄成靈
瓣瓣魅心
不獨氤氳罩山村
更有翠鳥演奏整個清晨
更有翠鳥演奏整個清晨
山櫻

一針一縷
繡織了這一季早春

——《人間福報》，二〇〇八年三月十二日。

山櫻花的呢喃

隱隱抽芽
搭乘春天的列車
妳登上中高海拔山區
別在季節的襟口上，怒放叱紫嫣紅
喚醒春寒枕冷

霏霏細雨中仰望妳
風姿綽約昂揚
猶帶幾許哲思
徜徉在春風梳理中
花香駛過青春夢境
起伏盡是飛行
妳是醉心風笛的歌者
腳步踩著旋律
呢喃於喧鬧中卻獨擁寧靜

身影鑲入天際地平線
向天空的巷弄迤邐而去

——《中華日報》，二〇〇九年三月十一日。

春日木棉

橘燦的木棉展姿搖曳
一身赭紅緞袍
繾綣於晚風中的紅磚道
豔是朝氣　紅是溫柔
崢嶸於盈盈生機的枝頭
君臨天下
拉開春天的第一響炮
下載希望的音符朵朵
本色是英雄

備註：木棉花又稱英雄樹

——《中華日報》，二〇〇九年四月八日。

插秧

栽種初春的一籃翡翠
綠油油生根滿滿希望
涼沁早已摺入歲月的籍囊
上緊時間的發條
秧苗努力抽長
春裡來　夏裡去
一汪水田追隨暈開的晨曦
晾起薄薄水氣
漫舞屬於季節的清朗

——《人間福報》，二〇〇九年四月八日。

春山行旅

嫩芽初綻的春日
山巒氤醞著霧氣
離塔塔加不遠處林梢
傳來獼猴嬉鬧聲
呼喚躲藏的陽光
以及羽葉勾勒著屬於季節的神話

微風輕輕搖顫春天的腰圍
水色落拓了林間翠綠
天高雲影醞釀著時間的詩句
莽莽曠野鏤刻著歲月的容顏
正是山高水遠臥夢難以描摩
休說江湖

酌酒半杯淺嘗
只醉一抹酡顏

——《更生日報》，二〇〇九年四月十六。

樹的三部曲

一、小樹

昂向天際
我是一株小樹
抽長著嫩枝綠葉
迎風西窗下
白天把我擲入黑夜裡
黑夜把我拋向黎明
我只好把情緒藏在葉背
好讓太陽醒來的當下
擦拭眼角的一串晶瑩

二、枝椏

縱橫交錯的枝椏是通天道路
貼近草地的是家
葉脈掩藏的細枝則留給小松鼠玩耍
我不崇尚飛翔
因為飛翔是流浪
流浪不是我的信仰
我喜歡松鼠甩著蓬鬆圓弧的尾巴跳上跳下
牠暗示著我們也需要足夠的肺活量
才能吹奏人生

三、老樹

聳入雲天　佇立三合院一隅
是鳥雀嬉戲的遊樂場
向陽　肩扛起雲霧

荷塘詩韻　28

側耳　聽草叢裡蟲鳴唧唧
你　終年綠其髮而青其枝
生根大地血脈
每一圈年輪書寫著族譜歷史
坐看人世興衰更迭
怡然迎接日日初萌將放晨暉

——《國語日報》，二〇一〇年三月一日。

素描木棉

抖擻地春風搖醒尚在冬眠的木棉樹
使勁兒為春天畫畫寫詩
花苞是得道的高僧
綻放璀璨於一瞬

一株木棉是一首詩
一排木棉是一幅畫
成群綠繡眼停佇林梢
啼痕響徹周遭

且以心靈領略大自然真善美
以詩歌朗誦爆開的火焰
當六月來臨
棉絮隨風飄盪
入泥宣告著新世代的綿延

義氣如此磅礴
堅持給予溫暖

——《國語日報》，二〇一〇年三月十八日。

詩寫山茶花

黃昏我沿著茶園曲徑
緩步輕移
掌鏡掠影的瞳眸如獵人般敏銳
茶農老伯指引我：「尋寶當來此！」
那是一棵百齡老茶樹
抖擻著精神　睥睨全園
還有美麗山茶花
「不早也不晚，剛好讓你遇上！」
乘興漫行　因著這幾株靈秀誘引
清香是美麗的靈魂印記
彷彿風中的歌手
吟哦一聲聲澎湃嘹亮
花的呼吸微微擺盪
引我按下快門
捕捉剎那地永恆

該要多久的時光
一株幼苗才能長成勃勃野綠
才能花開綻綻
讓旅人留住一個燦紅的夢

——《台灣時報》，二〇〇九年十二月二十四日。

林梢飛雪

緩緩的步履是五月的孤寂
微雨的午後，穿越時間的渡口
沿途問路落泥的桐花
盛雪可是不語的印記
梳理著人間難解的愁緒
或有黝綠嫩葉扶疏了曲徑
乞來繽紛場景
我諦聽花雨的故事
澎湃成無垠大海
眸底隱隱的溫柔是林蔭中孩童天真的笑聲
穿梭在季節的襟角
青春的容顏駐足叩跪
染白的雪桐是否預告著塵世的賦別
一如飄零滿地的落花
多年又多年以後的五月

不知還會有誰憶起這一場
美麗的雪祭

——《台灣時報》，二〇〇九年五月七日。

踏雪尋美

桐花如雪飄落五月的山顛
如蝶輕輕飛舞林梢
載錄人間歲月
諦聽挑碳古道沿途
桐花飄落的聲音
流轉一季心靈躍動的芬芳
深邃了遊客眸底的碧波萬頃

如夢似幻　花白葉綠
或有飛鳥迢迢來訪
詠歎親臨一探
究竟　恰如歲月如凝的回眸
都在一場不堪華麗春雨中
崩解

——《更生日報》，二〇〇九年六月十三日。

山茶花語

霜白一笑典藏於寺院角落
傾盡風華
搭乘雲夢遠渡
凝露飄向風中崖岸
璀璨瘖啞了世紀
陽光下雅逸透析出雅姿雍容
仔細修剪與呵護
歲歲又年年
梵音悠揚，滲入了窗扉
如是飛花搖落比貓還安靜的清晨
旅人漫步繁花夢土
證得無上菩提

——《台灣時報》，二〇一一年五月三十日。

小葉欖仁

你是翡翠提琴
終年演奏溫馨曲調
讓蒸騰的天空逐漸沉浸酣熱
如傘 撐開一片涼蔭天空
協助眾生擺渡四季的的遞嬗
以及生命的無常
根深入地 版圖無限遼闊伸展
有雲飄了過來　穿越萬嶺
你聽
一隻斑鳩悄悄來築巢
偶而探首啼叫
鳥聲喧聒著屬於春日的斑斕
不知是否也想喚醒沉睡的冬天

荷塘詩韻　38

推開冰寒的牖窗
驚醒霧裡風景

——《台灣時報》，二〇〇九年四月十四日。

荷田詩抄

一

綠油油地荷田擎起夏雲片片
迎向晨曦微風徐徐
尚未退席的曉月掛單屋簷
靜觀渺小自我

二

渾圓的露珠
似乎頓悟了什麼
太陽還沒起床
才能恣意地兜起裙裾
舞一曲晶瑩澄澈

三

荷葉藏起原野心事
午後陽光與風築一座歡樂城堡
玩起捉迷藏

四

一爿荷花也是一方小宇宙
一株青荷綠出一季仲夏
嬌妍花蕊
掩映水面孿生的童話

五

深恐枯槁
每一朵入了眸中之海的

迅速速寫定格
花的國度中一尊莊嚴玉佛

——《人間福報》，二〇〇八年九月二十三日。

慢活森林

雲影慣常梳理森林最後一抹晚霞
在落日之前
我們沿著步道向前
邁向鳥聲婉轉　蟲鳴處處的林蔭深處
沉香的木屋羅列
恣意放送天籟
搓揉未曾鬆綁的心情
迎向晨曦
試著微調所有的煩憂
穿越漫淹靄霧
凝神注視一隻蝸牛匍匐
竟然生出無比感動
成串的喜悅自時間上游
溜溜而下
滋潤著旅人胸懷

抒情而典雅地轉身
腳丫子緊緊貼近泥土
浮雲列車默默載走陰霾
陽光切過山脈
細灑山澗

——《國語日報》，二〇一〇年八月二十八日。

賞青荷

仲夏清晨　蟬聲唧唧
倏忽飄來烏雲　繾綣天際
緊接而來的是一陣大雨　招手荷田
只見碧葉輕托雨珠
渾圓滾向葉心
葉緣也彷彿鑲了金鑽
晃漾著晶瑩
剔透著欲滴未滴
蘊藏無限生機

雨過天青
陽光漫行荷塘
連番蛙鳴鼓譟
唱開了夏日悠遠
成群紅蜻蜓賣力獻上唇吻

綻放朗朗溫柔
放眼翠綠映紅　高低有序
畫家企圖勾勒幾筆風荷雅姿
渲染滿園浮動幽香
顯影季節深處記憶
美的共鳴

——《更生日報》，二〇一〇年九月二十一日。

高美溼地招潮蟹

高漲的海水漸漸褪去
成群招潮蟹協力建構土堆煙囪
這是一堂需要耐力與技巧的體育課
建構的煙囪高瘦低矮各有不同

來吧　大棋仙爺們
盡情享受免入場卷的日光浴
順便覓食潮間帶的藻類
還沒退乾的泥濘地帶
露出一對對潛望鏡
那是又一群盡責的哨兵蟹
高舉雙臂對著訪客歡呼萬歲
海灘另一邊　雙扇股窗蟹搗沙如米
好似集體早起讀經的小朋友
總是集體行動

防風林梢的白鷺鷥也點頭稱許
這片溼地富藏無限生機
堪稱寶島傳奇

——《台灣時報》，二〇〇八年九月五日。

行道樹隨想曲

有鳥鳴囀的清晨
試吟風飄葉舞的靈澈
冬日裡光影迷離
迷離成一片朦朧
是風地婆娑
抑或是心地顫顫
成排行道樹竟然可以如此奪人聲勢
殷紅血豔
坐視來來往往旅客
一路燃燒季節

一個旅人行經樹下
諦聽歲月留痕
幾行殘詩躍然心海
這無垠綿延的道路

一如人生
也是無可度量

——《台灣時報》，二〇一〇年一月八日。

花東風情畫

與海岸山脈並肩而行的台九線
沸騰的車聲一路咆哮
休耕水田漾開綿延數十公里的花海
撫觸了旅人長途跋涉的疲憊

陽光閃爍著和煦燦爛
波斯菊　向日葵沿途踏波而來
迤邐成橘黃海浪
一波波餵飽欣羨地眼眸
對焦　按下快門
貼近大地的那片肥沃
傾聽土地的聲音
啊！誰說陽關盡處是天涯

——《更生日報》，二〇一〇年三月六日。

白鷺鷥

田野如畫
畫面爆開飛雲朵朵
尾隨耕耘機翻土的節奏
犁開春天的胸膛
栽植新年的想望
時間過境是無須爭辯的事實
深邃叫土壤各就各位
路過的微風順道裁剪天邊雲彩
譜一曲早春舞曲
天地遂無垠展延

——《中華日報》，二〇一〇年三月十八日。

渠水荷韻

冥然間
一枚嬌妍靜默地昂向天宇
倒影掩映荷田
搖曳成一方古典
綻放澹然芬芳

是江南水鄉
卻毋須划槳
安閒地趕赴一趟觀音鄉
清晨的夏荷沐浴在粲然陽光裡
陽光逐一刷亮天際
澄然與遼闊雍容地迴響

荷葉上朝露如珠
薰香　豐饒了詩意荷田

一朵荷
端坐一塘污泥
昭告世人
出塵
處處是蒲團

——《中華日報》，二〇一一年七月十一日。

那山　那海

立夏新雨　採擷一缸海上煙雲
遼闊海浪從生命最初的清晨湧了過來
那兒有我追逐嬉戲的童年
完整而鮮明
雲朵出遊
橫渡時光之河
飛鳥馱負日昨晚霞夕照
裹著不褪色的記憶
拍響滔滔海岸

那山無語
佇立海的背後
林相鬱鬱蒼蒼
崖邊有伐木的聲音
我們坐看天光湧動

清風拂過藍天
有歌和著落葉簌簌
尋索大自然奧祕

詩是航行的舟船
書寫是靈魂的自我導航
那山曾遺留一季璨然
讓我們追憶
啊！許久不曾聽見的笑聲解渴清冽的守護
那山　那海　從此酣睡在時間之外

——《國語日報》，二〇一一年八月二十日。

安平樹屋

揭開歷史的帷幕
曾是德記洋行倉庫的安平樹屋
百年榕樹盤根錯節
座落時光長廊裡
生根入泥

以虔敬的心情
閱覽滄桑的圍城
毋須反鎖時間
修繕是迎向里程碑的逗點
站在歷史的十字路口
招手
天地遊客的行腳

——《台灣時報》，二〇一一年一月五日。

問雲

問雲山腰小棧
一杯濃香咖啡
滌盡塵俗
隱隱山岩　松風來叩門
一抹初秋飛雲恰恰
愁了眠

風飄雲走　一路天籟行吟
是山風讚頌的合音
蜿蜒小徑闃黑中摸索前進
拂面微微
松影喚醒思維
雲以小碎步翻波鼓浪
漾出濕潤泠泠

——《更生日報》，二〇一〇年一月二十日。

荷塘詩韻

春日荷塘裡
揮不去濃濃霧氣
欲雨未雨的清晨
轟然有雷鳴
遠遠瞥見數朵清香綻放
生機一片
結成緘默的印記
蜷伏在微光裡

午後一抹陽光
透析著屬於原野的安詳
春風無聲滑行
諦聽不修邊幅的野雲呢喃
葉脈下傳來蛙鳴
垂詢關於蓮出污泥而不染種種

倏忽一場急雨
塘裡水聲潺潺
喚來春意闌珊無限
訪客步履緩緩
踩響幽幽曲徑
繆斯甦醒
端凝柔波裡一枚自我倒影

螢火蟲

黑夜生出一窩飛翔的精靈
為黑森林點燃一盞燈
未等夜深
群群湧動
就要掀翻草叢　接壤黎明

——《國語日報》，二〇一一年六月十三日。

大度山都會公園漫步

一隻烏鶖展翅拍水沐浴，
竄上林梢整理羽毛
單腳踩住西天晚霞，
嗚囀一曲溫柔
我痴笑鳥兒是孕育詩篇的胚芽
飛掠水面横波共鳴

旅人步履緩緩
一湖綠水擊起波浪，
典藏被歲月擠壓的憂傷
幾隻野鴿子趕在黃昏來臨之前，
躍過積水淺漥
與光影合奏咕咕幽音
塘裡群鴨也靜等夜色來臨

伺機邀水月入座，
聆聽這一季冬的聲音

——《人間福報》，二〇一〇年六月七日。

秀水益源古厝

稻浪旅行在原野上
田間響起水車聲轆轆
天邊雲影游移
沿著八卦山脈盤旋的鷹隼
振翅遨翔，凌空升高再升高
迴旋、俯衝、略過台地

歲月的齒輪另闢蹊徑
青仔武一根紅扁擔肩挑檳榔做起買賣
鴉片戰爭退敵有功受賞
興屋益源顯耀門楣
想為子孫留百代之居
廣場綠樹也清碧著葉脈
探向蒼穹
起風了

一排青鷺停佇四合院青草地
審視著物換星移
呢喃著歲月的沉寂
考證長廊與古井淵源
還有老廂房傳奇
靜待旅人仔細研析
廳堂前斑駁扁額文魁
溯及古厝起源
輝映家傳祖訓
諄諄告誡兒孫
飲水要思源

——《台灣時報》，二〇一〇年七月六日。

大花紫薇

攤開歲月的經緯
大花紫薇閃爍著奼紫嫣紅
灼灼綻放於綠野庭園
花蕊由紫轉白
嬝娜出幾瓣清幽
沉靜是風貌
掩映粼粼波光
彩繪了繽紛世界

有關它紫豔如火來源
章節始終蟄伏於光影間
倏忽一朵白雲自天際飄來
如剪攔截夕陽
掀翻蟬鳴飛逸
流轉成季節風帆

紫是潺潺流過心隅的水聲
忽近　忽遠
踏花歸去的小徑
花雨絮絮飄落
澎湃連綿

——《更生日報》，二〇一〇年九月三十日。

歸樵

時光餵養了春天的山林
山路一開拔
就發出叮咚琴音
合音鳥鳴旋律
預約了繁花盛景
清晨曙光穿透林梢
晶瑩的露珠溫習枕葉而眠的香甜
隱身寒霧中的歸樵
斧能砍柴
閒能賦詩
只要轉身跨進山門石階
便彷彿遁入桃花源
可以隨時瞇起眼睛

荷塘詩韻　68

吟哦詩篇
廊下觀蠶眠

——《人間福報》，二〇一〇年七月二十六日。

詩寫暨大校園

白雲鑲嵌天空的簾幕
盈盈清亮，彷彿乘著天使翅膀疾飛
覽中國式建築一棟棟　聳立校園
迴廊盡頭　學子埋首苦讀
窮究天文地理
鑽研經史子集
啟航　航向明日浩瀚學海
旅人如風　烙下腳印
更遠處　芒花如雪，點點蒼茫
若是夜遊如詩的校園
也許可以邀來星子漫談
或以茶代酒　煮詩話家常
埔里之美
暨大嚼得響時間之眼

——《台灣時報》，二〇一〇年十月一日。

秋楓

甫從仲夏的睡夢中甦醒過來
張開迷濛的雙眼
仰首秋日山巔
怎才一眨眼
就楓火滿天

——《台灣時報》，二〇一〇年十月六日。

秋日海堤

秋日晨曦
沿著蜿蜒的海堤漫步
泥香如故
草綠色有著一份柔軟
天空雲翕間鋪陳著白霧
腳邊海浪濤然
把生命的滄桑鐫刻在臉上
皺褶層層疊疊
沿著紋路尋找遺失的海洋
誰的預言
記憶是一條無垠的海岸線
載錄遠航的恩典
乘風破浪　無畏沉船威脅
眼角熟悉的是海鳥輕輕畫過天際那一縷翩然

浪濤撥動歲月琴弦
潮汐來回　水霧瀰漫
季節深處
苦苦覓得一行詩句
再添人生況味
雨後彩虹成弧
映照遼闊海面
心事埋入心底
讓記憶比海更深
讓歲月遁入海溝無聲

——《人間福報》，二〇一〇年十二月二十九日。

大度山之夜

天暗了下來
星星也就亮了起來
小草在風中握手寒暄
訴說著遠古希臘羅馬神話
那名叫普羅米修斯的
只因帶火給人間
便要受懲於天神宙斯
處以鎖銬烙在岩壁上
任鷹撕胸、嚼肝、咬肺
直到黑夜來了
復原一切
如此折磨　日以繼夜

晚風徐來
空氣中迴盪著起伏聲浪

那深藏林間土蜂窩
也加入行列　註解宇宙奧祕
穿越整片相思林
遠遠望見遼闊山腳下
倏忽燃亮一盞、兩盞、無數盞燈
典當了白天，上妝的黑夜雙手合十
遙盼黎明的綠洲

——《台灣時報》，二〇一一年四月二十九日。

台灣風景畫三首

太魯閣寫生

作畫　彷如夢的尾巴
恆常深駐潛意識
筆端流露是空靈
鐫刻了心情
悠然到天涯

或垂釣華髮歲月　臨流無聲
或眺望立霧溪谷　澗水淙淙
連偃地是逐風而去的腳印
俯視的是掌間的紋
樹影搖曳，高聳的岩壁睥睨著時光的存在
林間鴉啼訴說著盎然的生態

夕陽嘀咕著童年滾落山谷
就此再也沒有回來

總爺藝術中心

拾起歲月煙塵
曾經斑駁是總爺
巧思注入新活血　如今是休閒好去處
也是吸取藝術養分的殿堂

幾株垂柳迎風搖曳
招呼來往旅人
塘裡幾朵蓮花奏起絃樂
更有蛙鳴嘓嘓
聲聲入耳更入心

天暗了下來
蠟染燈飾綻放光芒

妝扮起總爺迴廊
彷彿蔭深處
收納的一卷歲月藏寶圖

冬日銀杏

時間無涯
人稱公孫樹的孑遺植物
張開金黃扇子狂搧幾筆滄桑寫意
浪跡天涯，遒勁葉脈竄向青天、根部鑽入泥心

極目眺望，俯拾殘篇於詩的阡陌上
每一凝神都是生命的駝鈴
據說意隨筆轉，青山更在雲嵐外
或狷或狂都是心靈版圖的洄瀾
扇軸以圓弧形開展，思索著如何跟上季節腳步
吟哦聳入雲天的傲嘯
枝椏拍翅，飛向天際

冬日午後來一趟變裝遊戲，穿戴澄黃羽衣登台
駐守遊人如織的園圃，賞玩日昇月落
撣去淡綠鬱鬱，你是勇士
鑿開皴皺的年輪，細數過往風霜
轉身迎向結成白果的那一刻
悠閒垂釣歲月

——《台灣時報》，二〇一一年十月九日。

林田山風華

舊名摩里沙卡的林田山
曾坐擁伐木業翹楚
當年引進電影放映
先進科技光環風靡整個城鎮鳳林
檜木雕刻展現了藝術蘊涵
典藏雕刻家一刀一鑿精髓
而木香沉沉
融入時光隧道
一路奔馳到眼前來

最愛柑仔店前來個留影
老阿嬤的青草茶一踱讚
舊宿舍巷弄裡鑽進時光隧道
跫音不絕，笑聲朗朗

啟動回溯與探索的行軌
在一杯咖啡傾談中
林田山曾經的風華
竟也況味深深
迴盪在歷史迴廊裡
不停

——《馬祖日報》，二〇一二年二月八日。

美麗的砂卡礑溪谷

天地間有絕美
水色冰清綠釉澈人心
在砂卡礑溪谷
造山運動隆起板塊巨石
千年以來　晨昏與溪水共鬢磨
山壁研磨出細膩紋路
皺褶反覆，渾然天成一幅風景畫
靜靜佇立於化外一隅

我來，以謙卑的心情
瞻仰它遺世的存在
巧遇台灣獼猴嬉戲於崖壁間
蝴蝶翩翩起舞於石礫堆上
進行著薪火相傳密碼
不知名的野花也燦爛綻放

溪水潺潺從上游流了下來
嘈切出生命版圖聲響
山風微涼，拂過樹梢
曾經日軍征伐的史實早已遁入溪谷
而太魯閣族的捍衛鼓聲從未止息
舉目前瞻，崖壁亙遠千仞
有鳥歌聲悠揚
流淌於林間
撫慰旅人迢迢跋涉來此
迴聲盪鞦韆

——《國語日報》，二〇一一年九月八日。

蕨類

速寫蕨類

微微聽到彎曲的脊椎嘰嘰作響
從潮濕的土壤搖晃著身軀探首
卑微地抽長
葉脈背面遍佈苞子群
是眼睛驟然發現的生命光彩

起霧的清晨，雲海穿越山谷群聚
密林透露出生機，我把耳朵貼近土地
諦聽山林巨木心跳
分享這一季清新芬多精

欣羨候鳥冬來夏去
浮雲天際翻飛

嗟嘆廝守著磽瘠土壤
我如如不動
坐擁日月星光

雨後，來自地底的滋潤
追溯億萬年來地球進化史
選擇孤懸林蔭深處
落戶生根
日日，風中有樂音飄送

誰的採擷，下鍋汆燙起鍋上桌
擎起一盤翠綠成為詩人筆下的詩篇
饕客口中的最愛，清淡養生

——《葡萄園詩刊‧二〇〇期，冬季號》，二〇一三年十一月。

重瓣山芙蓉十二行

山一重啊水一彎
你聆聽滿園花開的聲音
怒放重瓣山芙蓉喚醒繆思的魂
覷見它玉顏多變
由潔白到粉紅，過午轉深紅
是曠野的調色盤

不經意漫步而來
生活的板塊遭受美的碰撞
乾涸的心顫然得以滋潤
啊！戀戀千面美人
是初冬一鈐醺然
落款

輯二

素描歲月

素描歲月

歲月如海，無法翻譯，更難以描摹
幾本落魄的詩集與一杯冷茶擱淺在案桌上
墨色成韻，溢滿屋宇

是誰說的　歲月是一首詩
收割了泥凝滿地的潮濕
也閃亮了明淨窗檯，賞心晨曦與晚霞
思維箭走如雲，捕捉靈感於剎那
頑皮的風搔動季節癢處
斑爛了屋外光影
詮釋短暫的人生

翻閱鳥類圖鑑，努力學習辨識每一種鳥類的飛行
背誦是釘死的記憶，實地觀察滿足了眼見為憑的好奇心
或溼地或林間或曠野

總有生命停憩或喁喁私語
敲打出合乎節奏的序曲
震出一片鳥聲

——《國語日報》，二〇一一年四月二十一日。

山寺

蟬聲漸歇，仍有一抹翠微高掛林梢
蓊鬱招手人間
細雨飄飄，我沿著泥濘山徑上山
一步一腳印，造訪半山腰一座山寺
寺前有一老甕栽植蓮花
一朵白蓮含苞待放
有如初生嬰兒的容顏
後方亭畔有瀑如練從天潑下
一隻紅蜻蜓自水邊飛起
剎時扣響內心碧波萬頃

大雄寶殿內檜木供桌香氣微微
香客落跪佛前，虔誠默禱
儘管生命旅程曾經搖晃
時間一路披荊斬棘

彷彿甜根子草遍開的荒涼河堤
知足，所以走來依舊歡喜

耄耋禪師打個比喻說
所有成熟的果樹都會唱歌
有如一支行軍隊伍
步伐一致，節奏分明
踢醒了遲到的早秋
參透了沉寂秋林

側寫母親

頷首釘樁族譜密碼
沿著顛躓的歲月犁耕
緊握日子刀柄
刀緣戳傷纖纖玉手
皺褶佈滿的掌紋
上蒼雕刻最美圖騰
滄桑風乾清麗臉龐
載錄的，盡是育兒艱辛

耘出白髮似霜雪
魚尾紋盪過幾回鞦韆
站在眼角鼓譟童心
視力撲朔　焦距迷離
兒女借貸了您的青春
褪化的軀殼烘烤成窗簷指引夜歸的照明燈

年隨夫出征
生活水田裡的美人倩影
而今已是微駝漸層加深
比遙遠更遠的一畝良田
赤裸的雙腳、捏握的雙手
日夜耕耨夢想的邊境

——《台灣時報》，二〇〇八年十二月十八日。

秋日記事

群山悄悄燃起火把
挑起這一季秋的狂喜與沉鬱
撲滿落葉的小徑是心碑上的永恆
如此落拓，如此飄零

雲朵簇擁著秋風
素樸了生命的圖騰
溪聲襯著天光樹影
近在咫尺
那是自穹谷歸返的足趾
踢響塵宇千澗

五顏六色載錄著季節的奔馳
驚起旅人聲聲嘆息
杉木枝椏伸展向天

寫真歲月的堤岸
繽紛拍擊記憶的音樂盒
縈繞風煙萬里

——《更生日報》，二〇〇八年十一月二十一日。

螢窗小語

身影緊捱著窗
凝望庭院翠綠守望
楊桃樹結實纍纍回應了最初栽植懷想
白頭翁在石榴葉間打探
參詳四季的遞嬗
以靈魂擦窗
穿越時光隧道
有詩觸動　節奏緩緩
一抹流光楚楚動人
原來濺起的風光
總在不經意間便一聲不響溜過生命的琴弦
闔眼卻闔不上飄泊的游移
在一首詩與一首詩之間盪鞦韆
奔向無垠遠方
浮雕生命的海洋

有關撒網、拖曳及涓涓流淌
始終在潮汐間呼嘯
拍打心窗堤岸

——《更生日報》，二〇〇八年十二月十七日。

相機

攝取
大地魂魄
以瞳眸餘暉
按下快門
囚剎那於永恆
在生命曠野裡

——《更生日報》，二〇〇七月二月十四日。

鐘響

動如脫兔的猴娃兒
掀開被蒸得熟透的鍋蓋
傳來震天吆喝
下課

——《更生日報》，二〇六月三月三十日。

公園靜坐十行

凋謝的黃昏終於躺入燦亮的夜公園
湖中泛起幽微舟影
月光由穿梭到靜默
冥想安撫了滿園騷動
以擊浪挺前的無畏
撥開胸豁間的糾繚
搭救失速的墜落
天空劃過流星雨
清洗染眼的塵垢
仙樂飄飄是天籟的鳴奏

——《人間福報》，二〇〇四年八月三日。

初春詠歎調

時間之流發出動人音響　統御了物我
日光穿透凝結的朝露　熠熠耀眼
春天是一座花園
飛雲無盡延伸　繽紛不斷湧入
也許嫩綠如浪　展顏在無涯的天宇
把夢燃亮
而湧動的旭日撫觸浩浩天籟
谿山旅者試著禪悟智者般若

——《掌門詩刊・第五十五期》，
二〇〇九年四月二十日。

霧非霧

霧湧江流
把朦朧意象倒進秋天
懸浮了季節

我自一縷翠碧歲月中
捻出一張朗朗青空
讀出妙有

——《人間福報》，二〇〇九年十一月六日。

拾金

啟攢後
端詳暌違十年後的再一面之緣
法師俯身撿拾您骸骨
有頭蓋骨、腳指頭、手指頭
一把烈火熊熊
燃你肉身之餘
灰飛煙滅中彎腰捧起
您
此刻是風中菩提
端麗的一朵蓮

備註：婆婆骨灰入塔

——《台灣時報》，二〇一〇年四月四日。

老兵娶妻

大時代投下了震撼彈
爆破了原本平穩的人生水流
摯愛家國 打一場改寫命運的硬仗
抽身隱退福爾摩沙後山一隅
攜手一位女孩共組家庭
被上蒼削去智慧的女孩撒野整個村莊
竊食村民餐桌上食物
褪去遮蔽的衣褲如落葉紛飛
羞紅著一張臉的老趙提棍趨回家門
仰臥庭前不起　傻女傻笑依然如故
足印擱淺後　星星失守
人潮褪去
天暗得掩口驚叫

沐浴更衣　重新給予妝扮
傻妻唇角高掛上弦月
牢牢牽繫的手不願再鬆脫
縱然從莊頭到莊尾
訕笑始終如浪濤洶湧
而奇蹟似地
上蒼賜下一兒名天才
活蹦蹦驅逐了老趙孤苦
薪火相傳就這麼展延又一代
生命的座標被細細鐫刻
儘管烈日燒烤　風雨澹蕩

備註：老兵趙先生娶了智能不足的太太，感恩生育了一個十分聰明的兒子因此特地取名「天才」。

——《金門日報》，二〇一〇年三月十二日。

時間

時間牆垣佈滿苔痕
一旁古井訴說著歲月的荒蕪
簷雀聒噪著斷簡殘篇中的寂寥
傾圮出曾經地風雨蒼茫
於是它決定出發去旅行

來到牧場
高低起伏的草原掮起南風
成群候鳥落腳綠森林
展喉與微風輕輕和吟
時間發出通緝令
日光穿透冷凝朝露
熠熠耀眼
飛雲無垠延伸

眾鳥演奏一曲交響樂
錚鏦圖滿夢鄉版圖

時間的堤岸上
哲學與禪思拉扯海岸濤聲
秋芒如浪
不知何時寒霜已悄然降臨
落葉簌簌 打起呵欠
埋葬一些遺忘的訊息
沉沉向曠野馳去

入選九九年文建會「好詩大家寫」

歲月

歲月是持續演奏的進行曲
篇章迴旋著世紀的洪流
苦澀是美感
淘洗了逆流而上的記憶

有些難以解析的夢境
鋪滿落葉小徑
晚霞追著落日餘暈
一路行吟
昨日的昨日飄盪著秋芒
憑弔荒塚殘碑
明日的明日
依舊沉默如深邃大海

身旅時間之舟
燃亮歲月的火把
尋找一種安身的方式
步履緩緩　趨步迎向陽光
溶解成季節的哨響

——《台灣時報》，二〇〇九年十一月十二日。

古剎

倚山面溪古剎中一株菩提聳入雲天
安頓了紅塵訪客幾許愁緒如煙

——《人間福報》，二〇〇九年十一月十八日。

深水

潛入夢河深處
試探的足尖
需要定定地決心
需要一支長篙來支撐

深入夢河深處
也許有光迷炫了瞳眸
心是指引的明燈
雨珠落下似琴音
連綿不斷且有韻

深河深處，石與濤激烈雄辯著
濺飛的辭藻沒入湍流
我靜靜坐在水湄

浩蕩大江說：「所有的沖刷都是蟄伏中的養分
　　　　　　不信你且試問煙波間水鳥任陶醉」

——《台灣時報》，二〇一〇年二月十二日。

殷紅的想念

手中揚起一片紅葉
從螢幕前
從巴森小鎮木屋前俯身拾起
比巴掌還小的紅葉
想必是妳對故鄉的思念
握不住秋的空曠
是峰巒的構圖
殷紅蝕心的葉面上
點點都是染透的對話
輕柔起伏眠夢的典藏
冷鋒乾燥，拂過沙漠裡的仙人掌
筆直的高速公路
風景可以半天不換
最長的想念，透過光纖螢幕
短話可以長談，說秋已然十分斑斕

風吹沙浪起，你在很遠的天邊
捎來，一片紅葉絮絮
說殷紅燁燁如珠
妳要將之串成幸福鎖鍊
談笑間
島嶼福爾摩沙到亞美利堅
望不盡湛藍太平洋
未竟的話題再次入夢召喚

二〇一一年十二月三日

生命的渡口

意外提前降臨遍佈荊棘的人間
產房裡傳來命危通知你
一枚危脆的魂魄，軀體與靈魂瀕臨失聯境地
戍守時間邊界的內耳聽聞來自母親的悲鳴
努力張開雙眼接收慈愛眼光加持
無菌保溫箱裡奮戰死神三十天，終獲赦免

儘管存活注定是一場艱辛行旅
猶如無法靠岸的船隻，走走停停
你審視手中搖槳，左滿舵篤實地航向未知
傾巢而出的暴雨遍灑海面
定定一口氣的進出被擬成樂章
臥遊天宇，舌頭慢慢學習說話
把手伸出去，練習了解世界

秋天來了，童年孵出一雙翅膀
咯咯笑出一片稻浪，呼喚整座田園
靜待收割，紅撲撲太陽滾下山

微風輕吹，蘸一管禿筆
書寫清涼詩句腴沃了生命園圃
輕輕撫觸慈母眸中的憂鬱
你立志長成一朵向日葵
疾雨急馳草尖，你說還是想法子自己生火
烘乾浸潤的潮濕，節奏不間斷往前探索
即使風吹雨打，考驗從未停止
也要險險地挺住

——《台灣時報》，二〇一〇年十月三十日。

台灣欒樹

起風了
秋天就來了
上蒼熠熠然為大地換上彩裝
蕊心釋出油菜花般鵝黃
每一朵都是季節的驚嘆
點燈絡繹於途
一盞兩盞無數盞
每一盞都是詩意的閃爍飛揚
不斷向天空伸展

如火焰爆開
烘托出醒目的震撼
往深秋更深處

有詩燃亮生命的天空
幽祕而溫柔

——《台灣時報》，二〇〇九年十月十日。

豔紫荊

遍野紅火綻放在甦醒的春天樹梢
啊！窸窸窣窣
由遠而近　竄向眼簾
是青春的夢境　翩然烙印心扉
仰首　有風輕輕拂過
投遞一股女神的溫柔

醺醺就醉　高亢色澤與大地和音
迴旋成心中的虔誠信仰
豔紫荊是搖曳的旗
迎風凝視著春天
倏忽仙樂飄飄自天際一隅傳出
是一曲不期而遇的偶然
還原成記憶深處的盤旋
望不盡綿延燦然

游走時光之河的花浪
盛住滿天霞色以及讚嘆
緩緩滾向眉尖

——《台灣時報》，二〇一一年四月二十日。

春日隨筆

微寒的春日是一列長長的火車
承載著寂寂遊子奔向歲月的遠方
兩旁倒退的風景
驅趕滿天浮雲
誰說陽關盡處是天涯
耕讀於字裡行間
識山之宏偉
知水之浩瀚
不曾停止的書寫裸露了詩心的堅持
來到水聲滔滔東海岸　夜裡獨坐燈前
把眼睛鎖入詩集扉頁中
啊！原來旅行是一首征曲
馱負著光陰的奔馳
沿著時間之河遨遊
也許離去之前

湛藍海水早已淹沒心中的哀傷
期待展翅飛回西濱的天空

——《馬祖日報》，二〇一一年四月十三日。

秋臨奧萬大

攬著陽光趕赴一場秋日饗宴
無聲無息，藏身大山深處的奧萬大
不知何時
早已點燃一場楓火

我從未見過如此繁複的林相
溪澗淙淙，葉飄滿地
澎湃胸海流洩出熠熠詩篇
靜謐地划過生命韻腳
凝視鬱鬱山林
無邊無際地遼闊
如火的紅葉
幾乎擦傷旅人的眼
頎長的身影早已定格成一尊雕像

山風如弦，攏起溪水悠揚
林間光影游移
啊！側身拾起一簍歲月
褪去季節容顏
滿山豔紅落款成回憶列車
駛過時間的迴廊

——《國語日報》，二〇一〇年十二月十日。

黃金雨

黃澄澄阿勃勒
旋飛於五月的季節迴廊
嬝娜著粲然
一個豔陽天午後
旅人仰首凝望
串串絮語如瀑
飄向耳鬢
歌詠炎夏就要正式粉墨登場
記憶的扉頁裡
走過南台灣街道
我以初眸搜尋它的炫麗
驚呼一路的澎湃
更有鳥翅振翼　凌空而去
徒留音符迴旋天際

響亮成日夜縈戀的繽紛
一條陽光鋪陳的黃金雨路

——《台灣時報》，二〇一一年七月十九日。

詩情

無端懷想起一首冬天的詩
有著霜雪
從蕭索的眼中躍出
憂鬱蜷伏在眸底河床
涓涓流淌成春天的凜冽
冷醒了霧裡詩魂

雲霾濃厚
飄盪在雨後天空
乍然的翠微是蟄伏的枯枝抽長鮮綠
絕壁懸崖有勁松
霜摧枝益健

風滿廊　解纜掌間生命線
溯著歲月軌跡

此刻朔風野大
氤氳著曠野無以名狀
詮釋詩情驀地豐腴千山

——《台灣時報》，二〇一一年五月二十日。

觀世音

婆娑的世界
一盞燈能照亮多少黑暗
慈眉俯視
您化做千手千眼
撫慰流離失所的子民
手拈淨瓶甘露
滋潤萬民困頓失落的心
執著放下
貪婪入土
羽化的禪機乍現
證得涅槃
枯乾的靈在風塵滾滾中匍匐前進
在天籟的晨鐘裡
幡然醒悟

——《馬祖日報》，二〇一一年六月二十七日。

秋芒

貼近水澤
臨帖無垠蒼茫
如雲留白
那屬於山邊水湄的搖曳
是萬古流傳　追隨風的影
是如何揉也揉不皺的款款輕羽
擷出水面　垂釣秋雨奧祕
白髯隱隱　一片岑寂

忽明還隱的天際雲朵
默誦屬於漫山遍野的英雪
怔怔然手持白色火炬
柔軟腰身舞動於曠野
韻律有致地
眼前何物可忘憂

節拍起奏
風中提煉一抹空靈淡泊

——《台灣時報》，二〇〇九年九月二十一日。

丹楓有禪

冷冬寒氣初凝聚
旅人以優雅的步履行走於禪意深深寺院裡
試圖以抒情的詩意捕捉意象
唯恐驚擾蜷臥在林蔭深處的楓濤

啊！四季更迭
丹楓暖和了冰凍霜雪，映襯了蘆荻搖曳
潛藏的和煦冬日悄然現身
梵音悠揚
燦燦光影譜寫了詩篇
流向心海的是一曲慢板樂章

時間的長河川流向前
佛前一盞燈如火螢閃爍

儘管寒風瑟瑟　直探心窩
水藍深處　無畏單獨一個人

——《國語日報》，二〇一一年二月十七日。

坐聽蟬鳴

劃破初秋的午後森林
彷彿只是一聲嘶鳴
穿越幽密草蔭
喁喁　孵夢於十月
埋首地底經年　只為從地心鑽出
朗誦秋日顫顫心事
探詢溪谷水聲淙淙
持續詩的樂章節奏
陷溺於雀聲中的水磨悶雷
唧唧蟬鳴開唱一季長短調
擊垮鼎沸人聲，壓斷暮色成蒼茫
啣來風煙半截
坐看葉片飛落成詩

——《金門日報》，二〇〇九年十月七日。

秋聲

潑灑一地金黃於林徑
夏的尾音歇入秋蔭
一樹茂密落盡繁華
林梢枝椏開始演繹一截屬於秋的蓬勃
柔軟的陽光踩著生命等高線
棲身一層水波上　放飛卷舒韻律
諦聽飛魚撲向深邃大海胸膛
燃亮粼粼波光

比寂寥還要寂寥的礁石
以無比堅定的毅力
收納急流潮音
負載生滅悲喜淒涼
山光水色寫意了泠泠秋涼

——《人間福報》，二〇〇九年十月十九日。

冬至

最漫長的一夜終於款款來到跟前
終結秋的飄零蕭瑟
冷鋒面尾隨東北季風南下
橫掃島嶼
至冷無語，躲入屋內
一碗薑汁湯圓辣過喉頭
暖了身子與雙手
都說冬至到了
年的腳步就不遠了
甜湯圓是孩子的最愛
鹹湯圓是大人的饕享
有甜有鹹
正好調和載沉載浮生活的酸澀
擅自喝一碗也行
吃一顆也算

都要齒縫留香
人生圓滿

二〇一一年十二月二十五日

半線走街仔先

聽診器難以診察出殖民壓榨
你皺起眉頭
窄小的監牢束縛你身軀
卻困不住你積鬱澎湃的思維
從詩中出發
你挺直腰桿
如一桿稱仔

沉默的筆健步如飛
儘管瘖啞著墨漬
倒入血泊中或壓赴刑場
都不能恫嚇你牢籠裡的耕耘
出獄後照樣應家屬要求「往診」
贏得「彰化媽祖」並非虛名

集熱心、謙虛與勇氣於一身
吹起號角，你肩擔大時代喇叭手
大街小巷穿梭
號召反抗帝國主義入侵

蜷伏於森冷闇夜崗上
攏聚幽微螢光
賴和，你張開雙臂
引領仆倒的人群馳向遼闊草原
民主
終於有了一線曙光

手無寸鐵的醫師詩人
賴和，你問診時代的沉痾
疼愛腳下這塊土地
字裡行間急急鼓聲
播響乾涸的民主意識
扯動極權的脊嶺

無畏被分屍的極刑
只因
「世間未許權存在
　勇士當為義鬥爭。」

冷然的是歷史
仍需熱血灌溉
典型在夙昔
賴和，你是先知
放牧了民主
在福爾摩沙島嶼上
萬古長青

——《台灣時報》，二〇一一年十月二十四日。

日出

掙脫黑暗
酣睡的日頭從山後跳了出來
它優雅的藏好心事
朝原野開步走
林園隔開大山與田野
彷彿離家出走的小孩
靜靜等著朝霧前來領回

山是山
山不是山
日出給了大地一個承諾
天空的雲朵看在眼裡
明亮可以撫慰孤寂

晨曦褪去疏離
涵蘊歡喜

——《國語日報》，二〇一二年十二月四日。

跋涉

沙漠裡
奮力脫去乾涸歲月的厚袍
涓滴溢注的一株白樺樹終於發芽
億萬年前海底隆起的五彩城，荒煙漫漫
瞥見一叢野花綻放
證明存在就有希望
一隻蟲子，無以名之
攀向生命的轉盤
啖以果子，或甜美或苦澀
慨然允以填充裹腹的是荒漠中的美味

啊！旅人跋涉萬里原來是一場自我放逐
放懷心靈漫遊，探索生命荒原
揚鞭馬背上的牧羊人
在金秋第一場瑞雪翩然降下之後

一路從深山驅趕羊群下山
黑燈瞎火裡爭分奪秒，啼聲從未止歇
牢記牛羊是他們的財產
鷹隼翱翔於天空
伴隨哈薩克牧民一路轉場

晨曦中，蒙古包升起炊煙裊裊
這是一幕動人的樂章
歌詠著阿爾泰山的冬雪初綻
旅人千里迢迢，為了一睹疆域版圖有多遼闊
神祕喀那斯湖是否真有哲羅鮭湖怪
還有月亮灣、神仙灣及臥龍灣的絕美勝於雄辯
風斧砍向白樺林，流洩了一地金黃
在深秋的禾木村裡迅速擴散
奏起白鍵的瑞雪鋼琴以高拔的音符空降林間
長達半年的冰雪封山即將來臨
待得來春綠草再度抽長

——《更生日報》，二〇一三年一月六日。

輯三

旅人書懷

望安島

波波海浪湧上堤岸
聲濤淹沒了島上老屋裡曾經的輝煌
海風習習
卻少了孩童的歡鬧
歲月是老去了
說什麼也追不回來
徒留蒼茫塗抹斑駁的老牆

黃昏來臨了
夕陽悄然落入海平面
綠蠵龜洄游上岸產卵
那是薪火傳承　孕育新世代
在這一片沙灘上
玄武岩山崖崢嶸
草原上牛群悠遊

晚風徐徐　載錄了望安島奧祕
嵌入比貓還安靜的影子裡
榕樹下
老人坐懷孤獨一隅
心繫離島兒女
踏月歸來未有期
夜涼如水
一枚思念　痛入夜的脊髓
無語

——《金門日報》，二〇一一年七月一日。

春日酢漿草

春雨初歇
雨的旋律交響剛露臉的陽光
紫色酢漿草迎風探索草叢裡的唧唧蟲聲
剪影春天話題
關於春耕以及繁花盛宴緣起

翻越有雪的合歡山
腳蹤來到花東縱谷
午後，緩緩踱步於沉寂的林田山
山色婉轉動人
蒼翠草地孵著夢中夢
氤氳著歲月的故事
藍天邀約彤雲
以紫色彩筆妝扮嫵媚的春光

——《更生日報》，二〇一〇年六月十九日。

春日吉野櫻

從冬眠中甦醒過來的春天
歇腳歲月的迴廊
阿里山傳來吉野櫻醉臥季節的搖籃
整個山區開成汪洋花海
沿著步道蜿蜒而上的旅人
喟嘆花香滿袖
步履緩緩　胸懷溢滿粲然喜悅
天際雲展雲舒
釘椿山門窗扉
深入沼平公園
成群綠繡眼啁啾林梢
兩隻烏秋飛上更高枝頭
高歌一曲春日風情畫
按耐住悸動
旅人掏出紙筆

研擬如何讓詩句凌空飛翔
詩寫滿園爛漫綻放
芳韻齊喧

——《更生日報》，二〇一〇年六月十三日。

夏日東海岸

鹹濕的海風鼓動盛夏七月的鷹隼
盤旋於花東縱谷天空
陡然俯衝，拾起浪濤仰對山脈的呢喃
銳目拋向遠方，瞭望歲月
無止境飛行是宿命
是環伺天宇的沉吟

海闊天空豐富了生命旅程
啊！原來遙遠也可以是咫尺
天涯原來是無涯
而秋未至、海正藍
展翅飛越海平面
粼粼波光閃耀在浪尖上
心情千迴百轉，隨風漂泊
啊！潮去潮又回

草原上的牛群多到不可勝數
揣想如是放牧的自由
不也就是念茲在茲的渴求
天地原是一座虛曠浩宅
包羅所有鳥獸跡藏
無有執著，任風輕拍岩灣堤岸

——《更生日報》，二〇〇八年九月二十九日。

大肚溪

入秋以後　誰會注意那些
開始灰心的菅芒花
迎著溪口海風
桎梏成中秋的憂傷

涼沁的青澀往事
沉入記憶的河床
在時間的廢墟中流浪

滾滾溪水如泥
流瀾一把掐住孩童夢中的天堂
沒了魚、少了蝦
曾經泥鰍的好風光
已成夢中破碎的呢喃

穿越福爾摩沙的心臟
躍馬中原的奢望
一起手便難以停歇
直奔遙不可及的遠方

——《台灣時報》，二〇〇八年十月一日。

山村隨筆

一趟遠行
來到環山繞水的村落
山的子民揮手致意
寒喧生活日復一日
有些單調卻淳樸
可貴的是群樹相為伍
享有森林芬多精無止境供應

行行復行行
巧遇一場大雨
滂沱了前行視野
生命的境遇不也如此嗎
陰晴圓缺　自古難全
萬水千山有朝一日也會褪成滄海桑田

秧植於化外水田阡陌
恆常交織著寂寥

綠浪如潮
卻瘖啞了歲月
封緘時間洪流
散步的雲朗誦著溪澗鋪陳的詩篇
一陣清風拂過
躡足越過怒波滾水的溪流
猛抬頭　水影凝香有樹開花
低迴的心慢唱起一曲夏日山村祕色

——《更生日報》，二〇〇八年十一月七日。

林間雲海

雲是詩的代言人　縷縷如夢溫柔
深居海拔兩千多公尺高的林間
遠眺僕僕紅塵兜售青春於老街巷弄裡
大樹無語
俯身諦聽人間婆娑
或有山風來伴奏
歌詠歲月如浪，藤蔓如髮
攀上群峰

啊！煙嵐在晨曦中昇騰
微風徐徐
旅人於是歇腿隧道口邊長椅上
靄霧中拾起一管禿筆
塗鴉密林岑寂

天暗去之後
或有身影氤氳於月光之下
那便是與天地契合
我浪跡天涯，輕扣那株白楊的原因

——《更生日報》，二〇〇八年十一月十四日。

風起之日

我駕一葉扁舟擺渡清香歲月
詩寫生活的天真與莊嚴
或有靈光一閃
詩意千潯瀑
交響靈魂的徹鈴

我敲打鍵盤搜尋斑駁的生命軌跡
任由午夜潑灑寒月波心
池裡青蓮　還我真如
似水歸江證禪心

——《人間福報》，二〇〇九年三月五日。

手語人生

虔誠十分地
解讀雙手流洩的語彙
鎖扣的聲帶遺失於三度空間
妳無怨
指頭比劃快過讀者的領略
一彈指
劈開聲音之門
呼來心的靈巧
喚去意的媒傳

口無言而心澄澈
右手伴著左手
無礙生命的馳走
默然肢體宣告比無聲更精彩的存活

——《台灣時報》，二〇〇九年三月二十五日。

湖山巒翠

春光搭乘季節的列車
招手湖心
一縷輕煙繚繞
玲瓏的山影凝止了瑰麗的遠眺
波波是冬日餘溫的褶痕
蔓蕪浸染蒼茫

一灣綠水回溯了時光的迢遞
攏成霧飄向雨後的山谷
雪融之後的春日
滉漾的一隻候鳥自湖邊悠然起飛
思索著流落他鄉這麼久
怎麼歸去

——《更生日報》，二〇〇九年三月二十四日。

湖的清唱

漫步曲徑通幽的環湖小路
百草掩映碧綠的湖
而湖泊是群山的眼眸
穿透大地脈動
生出一灣水秀溫柔

可不可以　啊！可不可以
掀起妳的蓋頭
褪去濃妝　勾勒幾筆淡抹
煙嵐無止盡梳理悲傷
泛起波紋是雲深起風的守候
蒼天的琉璃舞曲
旋轉划過鬱鬱藍空
歸檔於欲覓還難的林間水流

擲一枚鄉愁
漾出寒冬過後
初春的禮讚
空山靈雨的清澈
映向雲端金陽
恰似弦琴的彈奏
溯向湖心
斂起鬢摧絕白的皺褶

——《更生日報》，二〇〇九年五月十四日。

阿里山縱走

眸窗遠眺湛然山脈
翠黛鑲嵌藍天
貼近谷底的溪水湧動粼粼波光
攀上雲層　水霧一片迷濛
老檜木細數著歲月的流轉
翻騰的雲海波濤探天
任性又靦腆
迎面微風徐徐
飛鳥展翅拍動曙色
盤根錯結的神木直插雲宵
龐然聳立　莊嚴恰如一尊佛陀
坐化時空纜車

敲開山門
鳥兒高歌林梢

山風低語呢喃
蟬鳴唧唧唱醒松鼠兩隻
落日滾入林海
煙嵐一路飛尋而來
樂山的仁者
把最美的季節
印入心海

——《國語日報》，二〇〇九年八月一日。

夢幻湖

近水近草原，懷抱了陶然隱逸
方知湖泊是多變的潑墨山水
墨外染以淡淡翠黛，變幻的光影參差跳躍
彷彿晾曬著童年的遊樂場
林梢煙雲與枝頭寒鴉相對默默

山影靜靜泊入湖心，有如哈哈鏡面投射
澄藍而亮麗，冷然而柔媚
是誰說的？上天是千手畫家
彩繪大千世界，不需尋春遇梅
只淡淡一抹淺藍雪白
便能把山巒穩成屏障

風中的旅人啊！
且止且行

奔赴南半球那一季冷冬
企圖凝視蒼茫水翠的
今生

——《掌門詩刊・第五十六期》，
二〇〇九年七月二十日。

車過蘭陽平原

輕裝躍上時光脊背
迢迢切過平原蘭陽
雲雨飄飄
以滑翔之姿游入旅客眸海
童玩親水撩起兒時記憶
陀螺旋出青春舞曲

單車越過原野
溜一截再生童年
掬一抹霞彩
作別西天亮燦
搖櫓放歌
悠悠穿越那頹微樓台

一曲入夢釋懷的自然歡顏
飄盪在歲月之舟上

——《台灣時報》，二〇〇九年九月一日。

湖濱散記

該是如何一種心情
讓一湖澄澈嵌進心海
緩緩駛向幽祕
氤氳出歲月的回聲

當沉寂盪成了孤舟
夢的荒原隱向水聲深處
意識蛇行如影
緊緊纏繞漂移的水色
月色與星子撫慰了遠遊的鄉愁
湖，或亮或暗
出走的軀殼成了漂泊的船隻
詩句泊在文字海中
直抵夢無法到達的遠方
是誰說的

時間是一幅風景
波光足以垂釣永恆
永恆是一部經典
眺望不及的千里
儘管水長山高
湖水無言
在鬱鬱蒼蒼的凝眸間
勾勒著生命的夐遠

——《金門日報》，二〇〇九年九月二十一日。

踏青

青翠的大地飄逸著草香
野外踏青撐起歲月的繁華與脆弱
迷離疏影交錯著踩踏的溪澗大山
沿著林間小徑尋找落葉腳蹤

僕僕是風塵
流浪的足跡繫著一段蒺藜繩結
一行牽牛花攀過籬下款款而來
拱橋流水隱喻著起伏人生
旅人一步一腳印
放眼翠微天光雲影
倏忽聽聞遠方晚鐘悠悠
叩開歲月柴門

——《更生日報》，二〇〇九年八月三十一日。

向天湖

蜿蜒於群山中的一泓遼闊
燕子輕輕飛過薄霧氤氳的湖面
映照誰憂傷的倒影
矮靈祭典上
芒草打結驅邪納祥
祈天賜與豐登五穀

脂粉不施如村姑
素樸是你含羞的靈魂
幾株筆桶樹蒼鬱地站成古典樂章
亮燦的露珠欲飛還留
滾動於葉緣　怔怔
緩步輕移的遊客驚豔於你的原始容貌
忽有蛙聲蟲鳴

相距遙遙　遠在時間之外
是誰說的
未定的邊界早已走入霧中
走入載歌載舞的祭典裡
波光躍動於霧中
霧中須臾　彷彿一場夢
一葦渡江而來的朝聖者
跣足於湖畔
並且嗅出楓香陣陣
預約一季斑斕秋光

——《更生日報》，二〇〇九年十一月十八日。

摩里沙卡風華

簡陋纜車搭載著成群伐木工人
日日絡繹於途
肩負起家庭生計
林田山上山下往返奔波
曾幾何時，盛極一時的鐵道
橫越溪谷，消失在山林盡頭

放映電影的中山堂
把舊時美好時光滲入濃郁檜木香
濃縮成記憶卡　鑲入
歲月罅隙
柑仔店門前的留影與留言
訴說著當年光輝的一頁

繁華落盡了
來此憑弔的旅客
在一杯杯咖啡傾談中
懷舊過往
黃昏夕陽也加入搜尋行列
絮語著摩里沙卡歷史風華

——《更生日報》，二〇〇九年十一月二十三日。

曙色

淡水的天空彈奏著淡淡清音
一輪朝陽升起　刺繡整個太平洋
撩起漫天水花
眸底瞭望遠方
幾隻鷗鳥站在時間的甲板上朗誦
秋天

啟航，以一葉扁舟
搭載一船曙色，駛向煙波碧海
天宇為界
魚群穿梭於微生物群聚的潮間帶
漁夫使勁拉起拋灑出去的漁網
想要撈足一家溫飽

梳開歲月髮梢
霧剛散去
水聲咀嚼季節的眠姿
浮雕了海的傳說
波濤日日撰述著漁家故事
中有迷離的神諭
燃亮水歌王朝

——《國語日報》，二〇〇九年十一月二十八日。

探索雪見

循著鳥聲鳴囀的曲韻，走進司馬限林道
訝然於青杉、翠松悠然自酣睡的群山中甦醒
有風送來一缽清涼
隱然透出周圍林相的繁複
思潮迭起
時間的巨斧曾騰空鑿斷上山道路
只准雲影徜徉其中
寫意朦朧谷壑
意象翻飛
讓真正原住的黑熊、山羌見證了曾經的洪荒

雪見啊！尚未有緣見識素白雪冷時你的面貌
唯那橫在山腰間的霧靄籠罩山野
網住絡繹於途朝聖者的波波笑聲
白雲揭開面紗

狩獵歸來的泰雅勇士
黥面印記了血液裡的勇猛
老松標記著歲月的年輪
砲台見證了斑駁歷史滄桑

我心中巍峨的聖稜
日夜召喚
望斷崖而去
稜脊上長途跋涉的登山客們
木然佇立
天地為之噤聲
徒留心海澎湃
悸動盈盈

——《中華日報》，二〇一〇年一月二十日。

雲隙一瞬

清晨靄霧一片朦朧
遠山巒嶂重疊
盈耳是清風與鳥鳴
彷彿仙樂飄飄

瞻仰大山，悟得大自然奧祕
天宇一方驟開雲門
天光流洩
虛空之上如此嘹亮
雲隙一瞬
身心與天空如此接近
旅人詠懷詩句
向春天深處潛去

——《國語日報》，二〇一〇年三月三十日。

埡口雲海

二月循著季節的階梯而來
扣響天空之海
伸手摘一朵屬於冬春換季的雲
折疊成風景明信片

一隻烏鷲舒卷自如遨翔於遼闊雲霓間
演奏一曲恬然
雲海如潮　湧向萬籟荒岬
我駛入渺渺空濛
試著翻譯一段放逐的故事
把幽微情節繫入冬日背葉
啊！是誰把埡口搖成飄零的蓬舟
承載著易安多少
尋尋覓覓　冷冷清清
淒淒慘慘戚戚

更遠處揚起一陣塵土
碌碌的旅人斟滿一杯孤獨
入境這毋須門票的海市蜃樓

——《更生日報》，二〇一〇年四月十九日。

清晨南瀛公園

幾許鳥聲扯動古木參天的公園
九重葛撥開夜睫
倚風逐雲曙光下
三五孩童嬉戲林濤間
一塘池水隨綠翠
草坪上
湧現的生命力驅動鏽蝕關節
跳起韻律操

時間是永恆的巨流
譜寫朝氣蓬勃的樂章
塘畔凝望是情緒坳口的宣洩
另一種沉澱
或許再待一會兒　你將看見
火紅的太陽滾動前來

緩緩轉進幽祕小徑
逡巡春日的尾音

——《台灣時報》，二〇一〇年四月二十九日。

車過太麻里

大海展臂招呼藍天
濱海路上擠滿出遊的眼睛
索引澎湃的春天
雲在天上畫畫
一個踉蹌
愛車使起性子　掉入宇宙黑洞
前進不得　後退不能
好似與二月天候掛勾
要起浪濤天脾氣

此刻好想是鷹　可以淩空展翅
好想是船　可以路上行舟　倏忽
一個好心路人鑽入車底查查究竟
傳動軸心掏出一個石子兒
他爬起來　朝我們全家人做個鬼臉

「行了」
我居然發愣忘了問姓名
路人揮手道別時　我彷彿看見
一尊菩薩輕拂柳枝
一片綠浪翻飛　眾生離苦得樂
磁場牽引一缽馨香

——《更生日報》，二〇一〇年五月四日。

遊集集攔河堰

從景觀台瞭望敻遠河面
金色陽光穿雲而來
擁抱閘門濺起的水花
彷彿光陰投遞了一幅寫意畫
流洩了歲月
澄澈了喧囂煙塵世界

沙洲是記憶的平台
迎風撲面而來
鑲嵌曾經地牛大翻身的蝕骨哀傷
翠綠山陵一夕成為皺紙團
山石集體逃亡
此刻陡落的的是牟牟地心吼聲
取而代之的是深水枕韻　草木青青
我把自己安頓在詩歌的朗頌裡

一簾水色山光任風捲去
春燕銜泥夢澤旁
風凝木棉香

——《台灣時報》，二〇一〇年五月十九日。

合歡霧靄

沿著山勢盤旋而上
漫行間　好風如水
踽踽獨行的旅人伸手探向霧靄深處
巍峨是陡峭地稜線
散發出一股凜然
幾乎望不盡蒼茫

天暗了下來
倏忽月影推移
迅速縫合時間的溝渠
雲影也展翅急馳山腰間
握不住的還有散佚的詩句
尚未修出意象
而霧中跋涉更是逡巡在時間之外
是虛是實

都駐紮剪貼簿上
歇息片刻　而後可以微笑地說
定格是為了預防風景潮濕
有了童話可以擦拭燕啼三月天

——《更生日報》，二〇一〇年四月二十五日。

訪武陵

春日芳菲的清晨
群櫻招手遁入桃花源的旅人
沿著步道漫遊
落花成雨　自髮梢飄落
澄澈的芬多精滌去旅途疲憊
這一抹記憶如痕
多年又多年以後　還在風中迴旋

小徑優美如詩
青草地綠成一張美麗的地毯
孩子們笑鬧奔馳其間
藍空上泛開浮雲片片
伸首探訪三月大地
軟如棉絮妝扮了武陵的翠綠

一路老樹鬱鬱蒼蒼　雲霧瀰漫
安抵桃山瀑布的剎那
抬頭只見飛瀑如練　落泉千仞直
曠古幽幽凝眸那泠泠絃玉琴
啊！水聲松韻澹人心

——《國語日報》，二〇一〇年五月二十九日。

小詩三帖

一、重慶的夜

變臉的夜粉墨登場
喧嘩了即將登船長江的漂流

二、船過張飛廟

黑著一張臉
義結金蘭
拍斷歷史
凜然型塑了三國

三、過白帝城

船夫矮乃一聲
雲端溜下五言絕句
古牆邊
老樹拱手送往迎來
倏忽袖口鑽出幾許猿聲
中藏一幅潑墨山水

——《國語日報》，二〇一〇年七月十四日。

雪山天池

溽暑的八月天
旅人踽踽獨行於雪山林蔭步道
美哉天池
波光瀲豔了一泓清澈
停下腳步
定定凝望水面雲影晃漾
此時
南風也悄悄拂過林梢
白耳畫眉鳴囀著季節的美好
莽莽大山，翠微蒼蒼
浩浩是粼粼波光
隱隱是煙翠潺湲
姑婆芋葉上盡是顆顆晶鑽
逆光反射出光芒
我從池水中驚見天地顛倒

倏忽一陣濃霧飄過
剎時伸手五指不見
比顛倒更讓人恐慌的迷霧
幻化了眼前世界
此時灰喉山椒鳥聲聲啁啾
剪影襖熱初秋
透露出野鳥也不斷學習
如何
隨遇而安

——《中華日報》，二〇一〇年八月二十五日。

泛舟秀姑巒溪

夏日的天空噴出火舌
燃燒島嶼福爾摩沙
泛舟秀姑巒溪興起一股熱潮
搖櫓激流　倏地張大嘴巴
尖叫聲衝破雲霄
逆流而上或順流而下
擺渡人生

平穩水流是安然
滾滾狂流是考驗
通心合力
我們都在一條船上
川流湍急，小船躍竄直抵長虹橋
此刻溪裡波光是數也數不盡地泠泠
飛沖兩岸翠峰

天色逐漸零落成晚霞
銜著落日　滾入太平洋

——《國語日報》，二〇一〇年七月十七日。

九寨溝飛瀑

一道雪鍊從天而降
沖刷生命的蔭谷
白是生命的絕色
投影出智慧

磅礴諾日朗起舞淩風飛瀑
策馬前來
山罅盡處乍現曙光
掩映藍鬱蹄痕
珍珠灘瀑布栩栩晶瑩
彷彿秋楓背葉潛藏精靈

誰能在瀑上鐫刻永恆
寫在水上的是
秋的縮影

抑或
秋之投影
啊！飛掠眸中之海的
原來是這荒天野外巉岩天宇的
奔騰不息

——《國語日報》，二〇一〇年十一月十六日。

閒遊台江內海

佈滿紅樹林的四草水道
彷彿亞馬遜河般幽祕深邃
白鷺鷥翻飛於林梢
和風徐徐
低吟淺唱於生命五線譜上

竹筏停佇孤島網仔寮
旅人側耳傾聽風拂過沙灘
演奏千年黑水溝交響曲
回音鼓盪在風中
這兒此刻沒有向陽的刺眼或背光的晦暗
荒沙吸納了曾經的歷史苦難
水聲見證了一頁滄桑
風兒起歲月裙裾
踅過眸中大海的是遍地飛沙

還有迎面而來
天際 三兩片白雲
等待夜霧收割心頻漲潮音縷

打海裡撈起的蚵仔串串
凝成生活豐饒的一頁
一頁朗朗如詩
古典而抒情
跫音緩緩
時間如苔
來自水面海鳥
正朝沒入海中最後一縷斜陽
鳴叫

——《中華日報》，二〇一一年五月十二日。

武陵依舊晴光好

行吟成串曲水流觴
懸掛半山腰夢簷
山風拂面是澹然
踅過初冬裙裾
兩行白鷺遁入林間
武陵依舊晴光好

未見雪影卻窺楓魄
聳入天際的老松
彷彿畫屏千幅雲相逐
更有霧影隱藏於稜線
沉澱成一幅靜謐藍圖

啊！千里煙闊始於足下
旅人側身詩路小徑

描摩多情大地

自眸中之海垂釣華歲年年

——《更生日報》，二〇一一年四月二十三日。

旅人書懷

秋雨劈哩啪啦打落了秋葉
就等冬雪來收藏
季節無聲遞嬗
南來度冬的候鳥一俟返回北方
便是春回大地
我試著把憂傷留給過往
讓行囊裝滿鄉愁
車窗外的倒退風景
像快速放映的電影
出了隧道之後芒草搖曳
流星伴隨夜螢
血濃於水的是親情
恍惚間彷彿看見倚門望歸的老母親
啊！異鄉早已成了故鄉
故鄉猶有未歸人

生命的長河裡
慘澹是少年
哀樂是中年
而記憶的匣子裡總有些酸楚
發酵成難解謎題
糾著歷史脈絡
任雨水沖刷淋襲
霧鎖層層
成為地圖上從未詳載的漂浮

——《中華日報》，二〇一二年一月二十日。

洪荒太魯閣

曾是遠古蠻荒原鄉
有溪立霧潺潺奔騰
溪水劃開板塊碰撞的巨石
水聲與山風迴盪在山谷
滌盡季節的哀傷

有霧覆蓋太魯閣群山
涼沁的砂卡礑溪展臂擁攬立霧溪
握手共赴一場海洋宴會
諦聽失傳的大自然樂音

來到太魯閣　山的子民已然不再熱衷逐鹿山林
燕子口燕子逆風盤旋
在雨霧的林間安閒上下飛竄
透析著保育觀念的根植

島嶼的希望
沿著溪水流向朝陽昇起的明日

——《國語日報》，二〇一二年一月十一日。

雲南石林

是誰的鬼斧神工
造景石林成海
是誰持劍刺向青天
掠白雲於湖中
是誰避秦疑無地
到此別有天

大石林或有巨石如象
溫馴垂首示人
更有小石林疏朗秀美
鋪陳成西南邊陲一幅抽象畫
眾神揮灑彩筆
乾坤大挪移
山海倒轉了天地
尖削巨石直挺挺地

探首與蒼天握手
眼眸嘯吼著地心
瘖啞遁入時光隧道
羅列成天宇一密室
皤然一泓灰色海洋

啊！步履緩緩探索
迂迴繚繞石林小徑
直上望峰亭剎那
俯瞰腳下林海羅列
隔絕喧囂在時間之外
清寂是此刻唯一的高音

——《掌門詩刊・第六十四期》，
二〇一一年六月二十七日。

溪阿縱走

不是黃鶯
一開口便唱響了夏山林海
緩步落葉小徑
聆聽萬千蟲鳴輕呼森林的名

不見烈日
只窺得軟陽
從杉林葉隙溜了下來
溪谷水聲淙淙
洗滌了心塵
音韻踩出高低五線譜
探觸水的深度
恍然踱蹀於那一季森冷
迴旋於濃霧風濤裡

溪阿縱走的登山客
把雲攬在身上
把山偎在眸底
一步一腳印
把時間寵成考古學家
慵懶地搓揉皺褶詩篇
小松鼠精準計算山的圓周率
預估一首詩發芽需時多少孕育
嶺上白雲翻飛
無垠暈染湛藍天空
烹調怔忡一盤翡翠詩篇
隱隱是天聽是南風薰暖
鑿穿盛夏�蛹
羽化飛舞

賣力翻越歲月山脊
以足匍匐，雙掌合十
以心轉識，只為證得

登頂剎那

接壤雲海，平波萬頃

——《國語日報》，二〇〇八年八月二十九日。

書院風華

懾魂的刺眼陽光
斜照書院院落
光芒篩進圓弧月洞門
斑駁是歲月烙下的痕跡
曾經廂房裡傳出朗朗讀書聲
稚嫩而圓潤
梯航絕學的匾額高掛正殿
朱熹夫子掛像居中
勗勉莘莘學子努力向上
轉身出來
瞥見一群孩童嬉戲於龍眼樹下
直到夕陽喊著麻雀歸巢

學也無涯
肩擔啟蒙是書院曾經的功能

而今重新粉刷頹垣容顏
成為推廣地方藝文搖籃
時光演繹了書院風華
一個冬日午後，我見到敬字亭上停佇兩隻麻雀
吱吱喳喳的鳥音劃破了寂靜
半月池畔我攬雲側坐
望池中飄萍綠意盎然
一隻烏龜探首曬起太陽
啊！老舊書院再現風華
任你讀經讀史或繪畫
美好時光永不老
來一桌詩詞饗宴
老甕新釀

備註：道東書院位於彰化縣和美鎮，建於西元一八五七年，正堂供奉朱熹掛像，上方有「梯航絕學」扁額是進士莊俊元墨跡。

二〇一二年十二月九日

後記

創作路上

作家簡媜說：「每一首詩有一詩眼，寫詩的人也需要眼界，尤其需要孤高。將靈魂懸浮於天空和地面之間，將生命寄寓於哲學與文學邊緣，如此才見得著大漠孤煙直、長河落日圓。此二情景，皆非地面仰觀所得。」

大抵文字創作者心情都是孤獨的，如若不孤獨，他們就寫不出詩、散文或小說。有不少創作者無可否認，文字是情緒的出口。更正確來說，或是過往回憶，或是未來的理想，花開葉落，難免引發心思波動，堆疊的情緒需要寄託，有人選擇出外踏青，有人相邀去唱歌，有的藉繪畫、彈琴、書法，更有的藉著聚會，幾杯黃湯下肚，慷慨激昂大發謬論一番，也就獲得抒解。但還有一部份人，藉著駕馭文字，反觀內省，把情緒凝諸筆端，這過程由動到靜，再由靜到動，意念輾轉醞釀，終於躍然紙上，因此或說創作是孤獨的自我對弈一點不為過。也因此放緩腳步是書寫過程不得不的歷練，唯有回頭去審視所有曾經的閱讀及思維的飛越，方能沉澱出一篇好作品。

藉由閱讀，作者思維在遼闊的書冊扉頁裡不斷成長，個人的人生觀及文字的駕馭一路奔競而自成格局。多向角度的探索以及「俯仰終宇宙，不樂復何如」的堅持，文章的落筆處於是多了幾許寂寥！例如陶淵明的「採菊東籬下，悠然見南山」，或是「春秋多佳日，登高賦新詩」總可以欣然見其悠閒淡志。但陶淵明也不盡然是高雅閒靜的，所以「貧居乏人工，灌木荒余宅，班班有翔鳥，寂寂無行跡。」更或「蕭索空宇中，了無一可悅。」蟄居之苦悶也是如次這般緩緩咀嚼，聊堪自我把玩。古代詩人中有許多大家窮其一生在文字的耕耘上不遺餘力，或因懷才不遇，或時不我與，所有寂寥都在字裡行間，一一呈現。再看看柳宗元人在永州時也是寄情山水，卻也寂寥不免。有詩一首〈溪居〉可以窺見其心境。

久為簪組累，幸此南夷謫，
閒依農圃鄰，偶似山林客。
曉耕翻露草，夜榜響溪石，
來往不逢人，長歌楚天碧。

澤畔行吟，寓情於景，雖見孤獨卻不悲涼，所以境遇對一個創作者影響不可謂不鉅。創作從生澀到嫻熟，文字充滿了類似旅遊的樂趣，從形式來說，詩的命脈是節奏，是伴隨情感所產生的韻律！節奏生動，相對也會喚起視覺意象，激發豐富的想像力去領略，所以創作歷程不會是單一的苦澀，應該還有甘甜！一如嬰兒除了哭泣應該還有憨然的微笑。詩有所本，本於自然，發而為一種情境藝術，解構的過程中，歲月於是鮮明走過。

菡萏添香

款擺著綠色裙裾，迎著五月微風飄揚，季節穿上一疋質料柔軟綢緞，彷彿就要滑出視線外。滿塘荷花飄香處處，褪去了煩悶心情，綠棚濃蔭下，聚焦專注拍攝者為數不少，或凝神於綻放的荷花，或費力捕捉塘裡鳥兒蹤跡，各司其職，逗趣橫生，直叫人滿心喜悅，無法言喻。啊！曾幾何時，賞花成了全民共赴的季節盛事。入了夏，你也不能免俗地參與這一場摩肩擦踵的饗宴。

塘畔凝望幾朵玉潔容顏，更有大片粉紅統御視覺。啊！誰來，以虔誠祐禱的心，讀你出污泥而不染的雅逸，更多含苞待放的新荷，半掩還探，有些羞澀，更多好奇，芳馨直擣靈魂深處，魂牽夢繫啊終於一嘗宿願。難得一抹陽光自天際潑灑，暖暖呵護綠葉紅花，綿延敻遠的是美麗的綠地毯，讓雙眼任意落款。花開是青春的極致，雍容著華麗身姿，展露它的嬌美，時間一路展延，悄悄將會是藕生水底，那是割捨不了的季節想念，鋪陳了風景以外的豐饒，叫人屏息，不忍離去。

是風摩娑著綠葉，天空湛藍，畫家以色彩揮灑畫面，或遠觀或近看，不失雅趣。你試著以鏡頭捕捉畫面，白頭翁斜倚荷桿上，一派氣定神閒；紅冠水雞忙著育雛，往返穿梭，機會千載難逢；夜鷺蹣跚著步履，自顧自低頭覓食，完全無視於人群的存在。風吹葉搖，你心一片澄然，哪位作曲家來幫荷香譜曲，肯定扣人心弦。

這是我個人第二本詩集，收錄二零零八年以後到二零一二作品，還有幾首是之前發表過的漏網之魚，一併納入。詩是小眾文學，所以很歡喜積極寫詩，卻很疏懶於集結成冊。起心動念仍是讓走過的足跡有個落角處，所有的發表及刊載都曾是靈光乍現的結晶，共分三卷。

輯一　大自然的禮讚——泥親土親

「落紅不是無情物，化作春泥更護花。」草木有情，花能解語。清晨曙光下朝露如珠，小花小草抽長，而隨著季節更迭，展現風情的花草樹木各司其職，彩繪了大地，讓人目不暇給。禮讚中有人我關係的書寫，有自然觀察和生命情境，樸實無華的文字、意象與風格追尋著一種和諧與平淡之美，是人間來去，無我的自然風情之素描，有我之詮釋，人文與自然，人、大地，作者的詩書寫了這樣的生命縱橫觀！

輯二　素描歲月

月有陰晴圓缺，滔滔歲月如浪，生活裡不免有風有雨，充滿考驗，試著在彷彿被雨淋沖刷的夜裡，孵幾行詩句，浮雕生命，回溯的過程是一番深刻的心靈激盪。是呀！生活需要智慧，更需勇氣，才能隨時調整腳步，重新出發。

輯三　旅人書懷

旅遊，放懷心靈出走。或島內漫遊，或腳蹤延伸至國外，拓展視野，每一步履都是優美的潮音，鼓風前行，是生活感懷紀錄，更是鏤刻山水景緻、人文風物及懷鄉念土，寧靜致遠中呈現了旅人內心千姿百態。

曾幾何時，詩已然成了生活中不可或缺。詩是生活中的美好相遇，沉澱昨日，安頓身心，更甚而是如和煦的陽光，照亮了日子。感謝詩壇前輩旅人平日多所指導鼓勵並寫序縱剖賞析。而起步寫詩時喜菡文學網是詩的啟蒙所在，喜菡老師及王希成老師網頁上費心引領，使我獲益匪淺，終生銘感五腑。詩的阡陌裡有悲有喜，是孤寂時得以療傷的窗口，是穿越遍地荊棘中，生命之樹仍有微光，枝椏綠葉熠熠燦然。不敢說企圖向時間追索永恆，但詩確實是時間草原上柔軟溫潤的草地。人如微塵，飄然降落宇宙中，悲喜共生，旅途中有輕鬆也有沉鬱的慨歎，書寫定格了剎那。如果生命是一條河流，那麼就駕一葉扁舟，航向文字海洋吧。

讀詩人101　PG1699

荷塘詩韻

作　　者　　小　荷
責任編輯　　盧羿珊
圖文排版　　周妤靜
封面設計　　葉力安

出版策劃　　釀出版
製作發行　　秀威資訊科技股份有限公司
114 台北市內湖區瑞光路76巷65號1樓
電話：+886-2-2796-3638　傳真：+886-2-2796-1377
服務信箱：service@showwe.com.tw
http://www.showwe.com.tw
郵政劃撥　　19563868　戶名：秀威資訊科技股份有限公司
展售門市　　國家書店【松江門市】
104 台北市中山區松江路209號1樓
電話：+886-2-2518-0207　傳真：+886-2-2518-0778
網路訂購　　秀威網路書店：http://www.bodbooks.com.tw
國家網路書店：http://www.govbooks.com.tw
法律顧問　　毛國樑　律師
總 經 銷　　聯合發行股份有限公司
231新北市新店區寶橋路235巷6弄6號4F
電話：+886-2-2917-8022　傳真：+886-2-2915-6275

出版日期　　2016年12月　BOD一版
定　　價　　280元

Printed in Taiwan

國家圖書館出版品預行編目

荷塘詩韻 / 小荷著. -- 一版. -- 臺北市 : 釀出版, 2016.12
面； 公分. -- (讀詩人 ; 101)
BOD版
ISBN 978-986-445-170-8(平裝)

851.486　　105021796

讀者回函卡

感謝您購買本書，為提升服務品質，請填妥以下資料，將讀者回函卡直接寄回或傳真本公司，收到您的寶貴意見後，我們會收藏記錄及檢討，謝謝！如您需要了解本公司最新出版書目、購書優惠或企劃活動，歡迎您上網查詢或下載相關資料：http:// www.showwe.com.tw

您購買的書名：________________________________

出生日期：________年________月________日

學歷：□高中（含）以下　□大專　□研究所（含）以上

職業：□製造業　□金融業　□資訊業　□軍警　□傳播業　□自由業
　　　□服務業　□公務員　□教職　□學生　□家管　□其它____

購書地點：□網路書店　□實體書店　□書展　□郵購　□贈閱　□其他

您從何得知本書的消息？

□網路書店　□實體書店　□網路搜尋　□電子報　□書訊　□雜誌
□傳播媒體　□親友推薦　□網站推薦　□部落格　□其他________

您對本書的評價：（請填代號　1.非常滿意　2.滿意　3.尚可　4.再改進）

封面設計____　版面編排____　內容____　文／譯筆____　價格____

讀完書後您覺得：

□很有收穫　□有收穫　□收穫不多　□沒收穫

對我們的建議：________________________________

____

____

____

請貼
郵票

11466
台北市内湖區瑞光路 76 巷 65 號 1 樓
秀威資訊科技股份有限公司 收
BOD 數位出版事業部

....

（請沿線對折寄回，謝謝！）

姓　　名：________________　年齡：________　性別：□女　□男

郵遞區號：□□□□□

地　　址：____

聯絡電話：(日) ________________ (夜) ________________

E-mail：____